GIGANTOSAURUS™

Edición original publicada en inglés
con el título de la serie: *The Lost Egg and Don't Cave In*

© 2020, Cyber Group Studios

Publicado por primera vez en Reino Unido por Templar Publishing

Traducción: María Fernanda González Cañedo

Este libro se basa en los episodios «The Lost Egg» y «Don't Cave In» de la
serie de televisión Gigantosaurus™. La serie de televisión Gigantosaurus™ es
creada y producida por Cyber Group Studios y se basa en los personajes
creados por Jonny Duddle.

Derechos reservados

© 2023, Editorial Planeta Mexicana, S.A. de C.V.
Bajo el sello editorial PLANETA JUNIOR M.R.
Avenida Presidente Masarik núm. 111,
Piso 2, Polanco V Sección, Miguel Hidalgo
C.P. 11560, Ciudad de México
www.planetadelibros.com.mx

Primera edición impresa en México: mayo de 2023
ISBN: 978-607-07-9500-8

Impreso en los talleres de Litográfica Ingramex, S.A. de C.V.
Centeno núm. 162-1, colonia Granjas Esmeralda, Ciudad de México
Impreso y hecho en México – *Printed and made in Mexico*

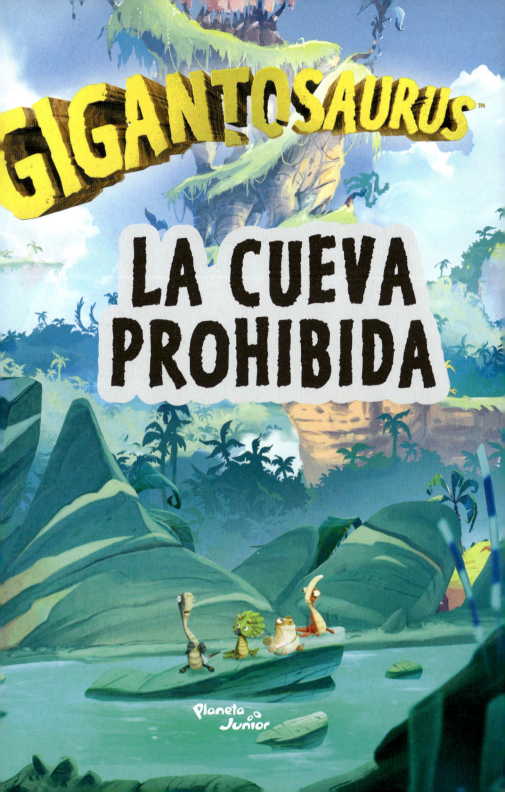

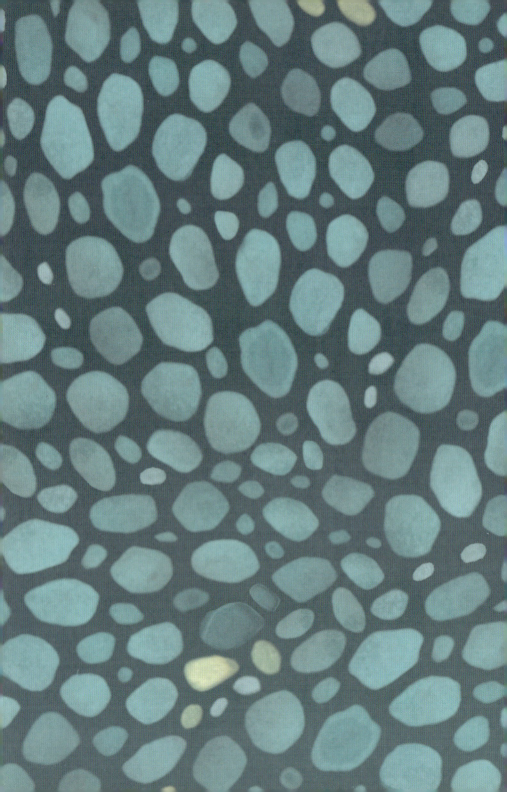

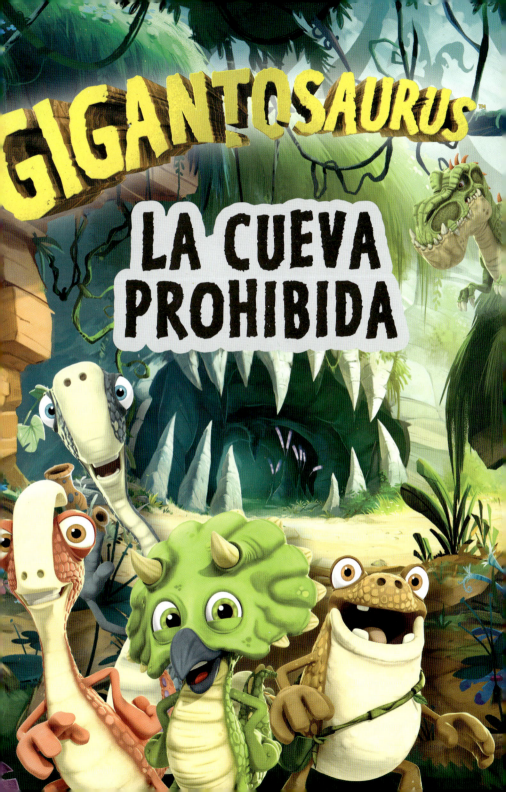

En un claro en medio de la
selva, los dinosaurios Tiny
y Bill temblaban de miedo.
Trey, el hermano mayor
de Tiny, les contaba la
historia más aterradora
que hubieran oído jamás.

—Aquí es donde todo
comenzó —empezó Trey—.
En lo profundo de esta cueva.

Los pequeños dinosaurios
gimieron y echaron un
vistazo hacia la cueva.

Aquí fue donde tuve un
encuentro cara a cara con. . .
¡SHRIEKASAURUS!
—continuó Trey.

¡Shriekasaurus es taaaaaan aterrador!

Ignatius, que había escuchado
la historia de Trey, salió de entre los árboles.

En serio, ¡ustedes NO quieren entrar en
esa cueva! —les advirtió.

Tiny y Bill estuvieron de acuerdo. No parecía un
lugar apropiado para dinosaurios pequeños.

Los amigos permanecieron de pie
frente a la entrada de la cueva, nerviosos.

Trey e Ignatius se acababan de ir cuando
Rocky y Mazu llegaron corriendo.

El suelo a su alrededor tembló
y los árboles se agitaron.
Eso solo podía significar una cosa...

—¡Rápido! —gritó Mazu, conduciendo
a Tiny, Rocky y Bill al interior de la cueva—.
¡Escóndanse ahí!

Gigantosaurus se detuvo en la entrada de la cueva, pero era demasiado grande como para entrar. Solo le quedó rugir con fuerza.

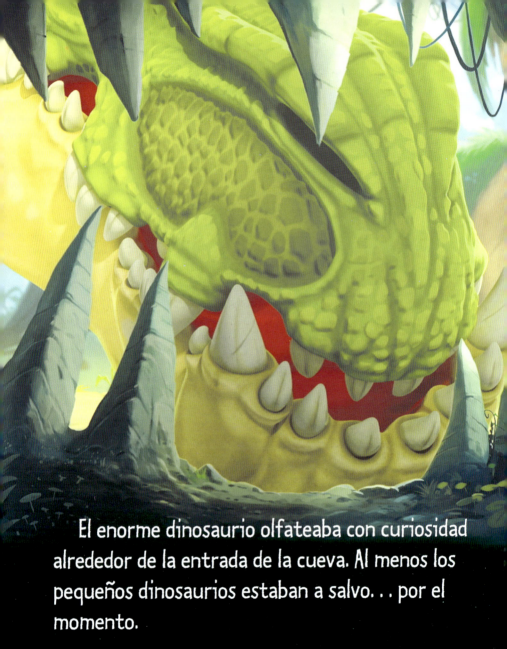

El enorme dinosaurio olfateaba con curiosidad alrededor de la entrada de la cueva. Al menos los pequeños dinosaurios estaban a salvo. . . por el momento.

—Creo que será mejor que busquemos otra salida —dijo Mazu, guiando a sus amigos más adentro en la cueva.

La cueva era tenebrosa y oscura... ¿Cómo encontrarían la salida? Por fortuna, Mazu sabía qué hacer: cortó una planta larga y de color morado.

—¡Esta cueva está equipada con su propio sistema de iluminación! —exclamó emocionada.

Mazu agitó la extraña planta hasta que ¡PING! Se encendió.

Mazu guio a sus amigos por el interior de la cueva.

—Espero que no nos encontremos a Shriekasaurus —murmuró Tiny, recordando lo que les había dicho Trey.

—Es malo —exclamó Bill, mirando de un lado al otro—. ¡Muy malo!

—Eso es extraño —dijo Mazu pensativa—. ¿Cómo es que nunca he escuchado hablar sobre Shriekasaurus?

En ese momento, un rugido penetrante retumbó por toda la cueva.

Los pequeños dinosaurios gritaron. ¡Ahora todos estaban asustados!

¡ROOOAAAAR!

Tiny miró a sus aterrorizados amigos.
¡Tenía que hacer algo para ayudar!
Respiró profundo y comenzó a cantar.
Billy, Mazu y Rocky no tardaron
mucho en unirse.

—Gracias, Tiny —le agradeció Mazu—.
Ya me siento mejor ahora.

De repente, otro ensordecedor rugido retumbó
en la la oscuridad. Los amigos alzaron la vista
y ivieron los enormes y afilados dientes de
Shiriekasurus!

—Oigan, esperen un momento —dijo Tiny,
caminando hacia los horribles colmillos—. ¡Solo es
una sombra!

Tocó una de las luces y la figura en forma de
diente se tambaleó.

Tiny hizo figuras de sombras
en la pared de la cueva y
pronto todos reían de nuevo.
Sintiéndose más tranquilos,
reanudaron la marcha

—¡AAAH! —gritaron los amigos, cuando de
pronto cayeron por una empinada colina.

Cayeron en medio de un lago subterráneo.
¡Estaban atrapados! Al parecer, la única salida era
atravesando las piedras resbalosas que sobresalían
del agua.

—Tiny, tú primero —insistió Rocky.

—¡Tú eres nuestra valiente líder!
—acordó Bill.

Pero Tiny negó con la cabeza.

—¡No soy valiente! Estoy tan asustada como ustedes. Solo intentaba pensar en tonterías para olvidarme de eso.

Sus amigos no podían creer lo que escuchaban. ¡Tiny había sido tan valiente!

Pero ¿y las bromas con las sombras? ¿Y la canción?

Aún siento miedo.

—No habríamos podido haberlo hecho sin ti
—le dijo Mazu orgullosa.

Tiny sonrió. Sus amigos creían en ella.
Eso la hizo sentirse valiente.

—¡Salgamos de aquí juntos! —exclamó.

¡No te des por vencida!

Tiny saltó a la primera piedra.
Saltó de piedra en piedra hasta el otro lado
del lago, pero en cuanto llegó al otro lado se
resbaló y se perdió de vista.

Cuando se levantó, Tiny se encontraba en una cueva totalmente distinta.

¡ROOOOOOAR!

¿Ahora quién rugía?

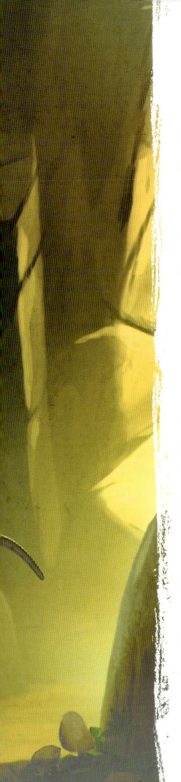

¡Era Ignatius! Tan pronto como vio a Tiny, el pequeño dinosaurio amarillo dejó de rugir.

—Creo que ya no podré engañarlos... —dijo riendo de los nervios—. Yo soy Shriekasaurus.

—Pero ¿por qué? —preguntó Tiny.

—Solo intentaba proteger mi escondite de bebés dinosaurios —contestó—. ¡No puedo creer que hayan llegado tan lejos!

Ignatius estaba impresionado por la valentía de Tiny. —Quiero que veas esto —dijo y la guio a través de una grieta entre las rocas.

La guarida secreta de Ignatius era lo más bonito que Tiny había visto.

Mazu, Bill y Rocky llegaron a la cueva, listos para salvar a su amiga del temible Shrieakasaurus. Pero no había de qué preocuparse.

—Miren— dijo Tiny, señalando las resbaladillas y las burbujeantes aguas termales—. De verdad que valió la pena no rendirse.

—¡Asombroso! —exclamaron los pequeños dinosaurios. Estaban ansiosos por seguir explorando.

Se deslizaron por las resbaladillas, escalaron las rocas y chapotearon en la alberca. Bill olfateó el aire con curiosidad. ¿Qué era ese delicioso aroma?

Ignatius se estiró y señaló un puñado de musgo de color dorado que colgaba sobre sus cabezas.

—También sabe delicioso —sonrió.

En ese momento, Tiny tuvo una brillante idea. —Apuesto a que eso es lo que olfateaba Gigantosaurus —comentó—. ¡Hay que llevarle un poco de musgo!

Cuando los amigos al fin salieron de la cueva, los dinosaurios más grandes querían saber todo sobre sus aventuras.

Trey escuchaba algo apenado.

—Nunca he entrado —admitió. Tiny lo miró sorprendida, preguntándose por qué Trey le habría mentido.

¡Quería parecer rudo!

De repente, los dinosaurios escucharon
un familiar pero ATERRADOR rugido
proveniente de los árboles, y Tiny se percató de
que tenía un último trabajo por hacer…

¡darle un poco del delicioso
musgo de la cueva a Gigantosaurus!

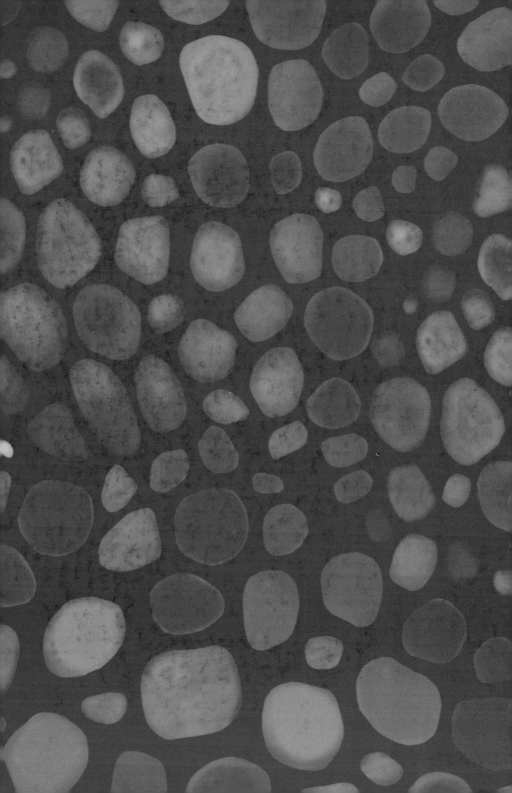

En un día cálido y soleado en el mundo cretácico, Rocky, Tiny, Bill y Mazu correteaban de arriba abajo por la selva jugando a las Giganto-traes. Era el turno de Bill, después de buscar un rato, encontró a Tiny escondida detrás de una roca y corrió hacia ella.

¡TE TOQUÉ! ¡Ahora tú eres Gigantosaurus!

Tiny imitó el rugido de Gigantosaurus lo mejor que pudo y corrió tras Mazu.

En cuanto se quedó solo, Rocky salió de su escondite.

—Nadie me puede atrapar. ¡Soy un superdino! —dijo, mientras corría tan rápido como podía.

Sin ver por dónde iba, su pie se atoró en una enredadera, esto lo derribó al instante. . . y cayó frente a un reluciente HUEVO. Rocky lo levantó.

¿Eh?
¿Qué es esto?

—¡Miren lo que encontré! —gritó emocionado, dándole vueltas al huevo sobre un dedo mientras llegaban los demás.

—¿Qué hace un huevo aquí? —preguntó Mazu—. No veo ningún nido cerca.

—¡Tenemos que cuidarlo! —dijo apresuradamente Tiny—. Recuerda que hay un bebé dinosaurio dentro.

Rocky gruñó. Eso no sonaba nada divertido.

—Ese no es un trabajo para un dinosaurio super rudo como yo —respondió—. ¿Por qué no lo dejamos aquí y seguimos jugando?

¡Ten cuidado!

Los amigos de Rocky estaban preocupados por el huevo perdido. ¿Qué clase de dinosaurio habría adentro? ¿Quiénes eran sus padres? ¿Estaría seguro aquí solo?

En el momento en el que Rocky dejó el huevo en el suelo para seguir jugando, escucharon un sonido ensordecedor que se aproximaba hacia ellos.

La tierra tembló cuando una manada de ENORMES triceratops pasaron a toda velocidad junto a los pequeños dinosaurios, alzando una nube de polvo.

—No podemos dejar el huevo aquí —comentó Mazu—. ¡Es muy posible que lo aplasten!

Tiny estuvo de acuerdo y tomó el huevo entre sus brazos.

—Vamos a encontrar a tu familia —le prometió.

—Bien —refunfuñó Rocky—. Pero tenemos que hacerlo rápido para seguir con nuestro divertido juego. ¡Soy MUY RUDO para cuidar un DÉBIL y PEQUEÑO HUEVO!

Después de caminar por la selva, los dinosaurios vieron a su amigo Archie sentado sobre una enorme roca.

¿Este huevo es tuyo?

Archie bajó de la roca para verlo de cerca,
pero cayó sobre Rocky y lo tiró al suelo.

—No. —Archie negó con la cabeza—. No es mío.

Los amigos caminaron toda la mañana, ¡pero no encontraron a la familia del huevo por ningún lado!

—Esto está tardando mucho —se quejó Rocky—. ¡No tendremos tiempo para jugar si no lo hacemos más rápido!

Tomó el huevo y corrió entre los árboles hasta que se tropezó ¡DE NUEVO! Esta vez cayó cerca de Ignatius.

¿De casualidad no se te perdió un huevo? —le preguntó esperanzado al pequeño dinosaurio amarillo.

—¡Ese huevo es casi de mi tamaño! —se rio Ignatius.

¡Busca un dinosaurio más grande que yo!

Rocky y sus amigos fueron con todos los dinosaurios que conocían. Le preguntaron a los dinosaurios con espinas y a los escamosos, también a los de patas grandes y a los pequeños escurridizos, pero el huevo no era de ninguno.

Se aventuraron en lo profundo del bosque para ver a Rugo, la rata, pero no era de ella porque ella no ponía huevos.

—Qué suerte tienes—refunfuñó Rocky mientras se alejaba—. Los huevos no dan más que problemas.

Después de caminar tanto, los dinosaurios estaban cansados y sedientos. Por suerte, Rocky sabía cómo solucionarlo.

—Agua de coco, ¡enseguida! —gritó. Sacudió con fuerza una palmera y, uno por uno, comenzaron a caer unos cocos, casi aplastando al huevo en cada ocasión.

Los demás dinosaurios corrieron a protegerlo.

—¿Por qué se preocupan tanto por él? ¡El huevo no se interesa por nosotros! —reclamó Rocky. En ese momento, el huevo rodó hasta él. TAL VEZ sí se interesaba.

—Parece que tú sí le agradas, Rocky —dijo Tiny sonriendo.

—Mmm... —murmuró Rocky, mirando el huevo con curiosidad—. ¿Tú crees que esta cosa sí tenga sentimientos?

Los amigos encontraron a Ayati,
quien pastaba bajo el sol.

—¿No se te habrá perdido un huevo?
—le preguntó Rocky.

—No —sonrió Ayati—,
pero puedo incubarlo por ti.

Ayati tomó el huevo y se preparó
para poner su enorme cuerpo
sobre él.

¿Qué significa
«incubar»?

Significa sentarse sobre un huevo para mantenerlo caliente.

—¡NO! —gritó Rocky, tomando el huevo justo antes de que lo aplastara.

—Ayati —dijo Mazu—, ¡no estoy segura de que los huevos de dinosaurio deban incubarse!

Después los pequeños dinosaurios fueron al lago.

—¿A quién perteneces, pequeño Huevi? —preguntó Tiny entre risas mientras le ponía una flor como sombrero—. ¡Ya les preguntamos a casi todos los dinosaurios que conocemos!

¡Pequeño Huevi se ve tan tierno!

¡SPLASH! Una enorme figura surgió
de las aguas. ¡Terminonator!

—Hola, pequeños dinosaurios. Veo que
encontraron mi huevo —dijo ella, babeando—.
Llevo toda la mañana anhelando uno
para el DESAYUNO.

Terminonator se lanzó hacia los pequeños
dinosaurios. Sosteniendo el huevo con fuerza,
Rocky y sus amigos se fueron corriendo,
escapando de las enormes y dientudas fauces
¡justo a tiempo!

—No te preocupes, pequeño —dijo Rocky, mientras se alejaban del lago—. Yo te protegeré.

—Ouuu —soltó Tiny—. ¡Eres tan tierno!

—Solo porque ALGUIEN tiene que cuidarlo —respondió Rocky con la voz más ruda que pudo imitar. Bajó la mirada hacia el huevo y vio que este parecía moverse.

¡OH, OH!

¡AAAAHHH!

¡CORRAN!

Los demás miraron alrededor. El huevo no estaba temblando. ¡Era el suelo! Eso solo podía significar una cosa...

—¡GIGANTOSAURUS!

El enorme dinosaurio se acercó, bajó la cabeza y tomó el huevo ¡con sus dientes!

—¡Se COMERÁ al pequeño huevo! —gritó Tiny—. ¡No puedo ver!

Pero Giganto no se lo comió. Puso el huevo con cuidado en un montículo de tierra y se acostó a su lado para tomar una siesta.

Rocky no podía creerlo. Nunca había visto al fiero dinosaurio ser tan delicado.

—Si a Gigantosaurus no le da pena mostrar su lado amoroso, creo que yo también puedo hacerlo —declaró.

Zzzzzz

En ese momento,
los amigos escucharon que algo se rompía.
¡Era el HUEVO!

Un pequeño dinosaurio se asomó por encima del
cascarón y les sonrió. Tenía escamas rojas
y una pequeña cresta en la cabeza.

—¡Miren! —gritó Rocky—. ¡Es un bebé como yo!

Era hora de llevar al pequeño dinosaurio con su familia.

—Qué gracioso —dijo Rocky—. Estaba tan ocupado preguntando a dinosaurios de otras manadas si les pertenecía el huevo, ¡que olvidé preguntar en la mía!

Sus amigos rieron. Los chicos rudos pueden ser olvidadizos de vez en cuando... ¡Y también tiernos!

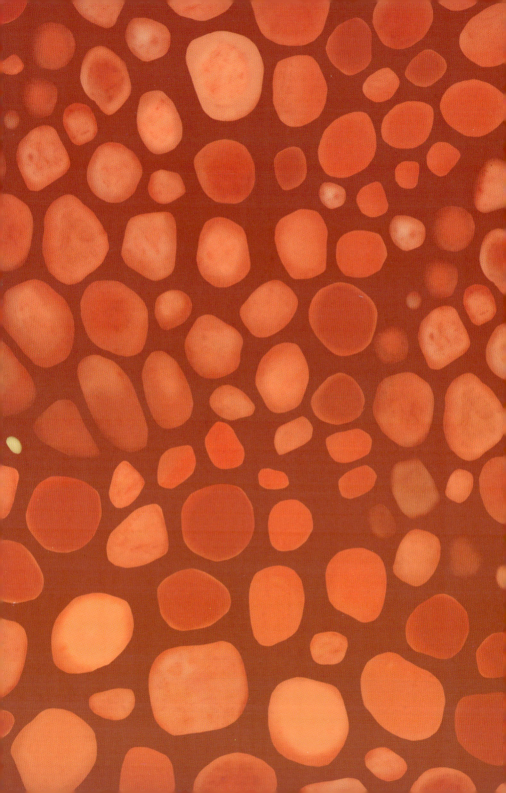